僑吴集

二

僑吳集卷之二

遂昌鄭元祐明德著

七言古風

姑蘇臺

城西高臺高百尺傳是吳王舊遊迹百花正開西子醉明月芳洲照清夕嬌顏如花醉王側城上烏啼曉星白歌鼓聲消醉未消越王已將兵來朝鏦金撾鼓殷天地兵敗可復棲夫椒吳人遺恨化潮汐暮往朝來箭涇直不然自可君甬東何用蕭蕭馬嘶驛

夏駕湖

吳王城西夏駕湖至今草木青扶疎想見吳王來避暑後宮濯濯千芙蕖酣紅矗翠㧾殊絕誰似西施天下無西施醉凭水窓睡昜衍魚龍張水戲月上湖頭王醉醒歸舟蓮炬繁如星不知擁扇喝入者日夜窺吳不暫捨

吳桓王墓

有吳桓王之墓因乃在盤門南郭邉墓中玉凫么化土石上赤烏猶紀年寒食無人洒麦飯東風滿地飄榆錢功昭前代啓吳祚葬地合擇名山川闔閭城南不百步土薄易致畊夫穿昭紘衆臣號詳密慮不及此富非愆緬思山東舉義日鄜炷顧已無諸賢惟王父子起相繼黄星閃避東南天假之脩齡定四海許下豈容瞞着鞭鑿山掩匠等發掘朽壞一抔誰獨專白楊蕭蕭北邙路姓名能得幾人傳

岳武穆王墓

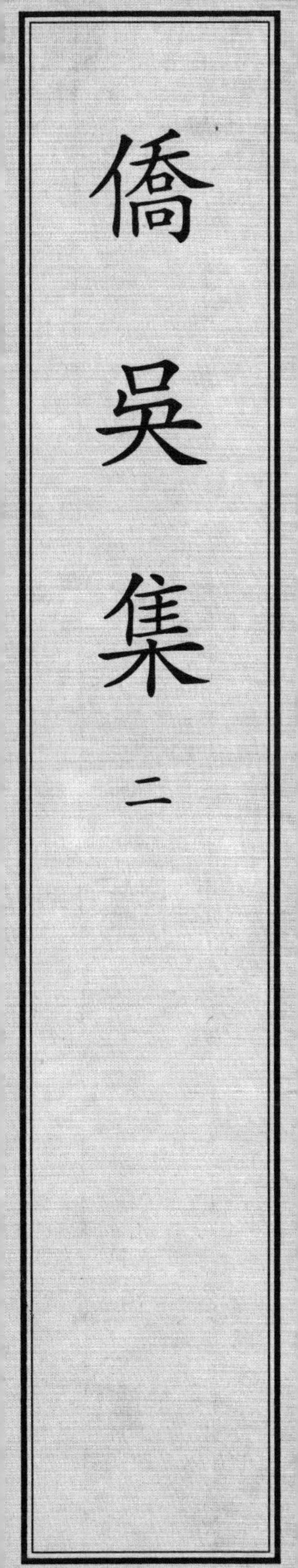

棲霞嶺南湖水陰墓木兩株高百尋兕神㧑護霜雪榦日夜怒號風雨音山僧紙錢每自掛隴首金椎那得侵精忠既已塞天

故獨德常父子僅存全其家於中吳而德常以文學起家今爲吳縣尹予與德常最友善觀畫誦詩感念存歿爲之慨然

題薛真人誄文後

玄卿向留吳萬斯文契誼數相從已而還山中詩文日已精行業日已高且謂余曰今奉璽書領教事往杭之佑聖觀子卑一来豈料玄卿遽沒於山中也耶鄭無用出杭仙儒張伯雨爲之誄三讀其文而悲之若玄卿者方且於古之博大真人游於太微之上夫豈言語文字所能贊美哉

題復見心清江行卷

見心携江西友契詩文一卷入吳中讀之所謂幽然而光蒼然而古者皆具有焉近日人情薄至以詩卷送人不異土產風物然可讀者蓋甚寡由索之者非具眼故雖塗竄滿卷令人嘔惡見心雖桑門其於内外學高出人表宜其所貯皆連城夜光云

跋

大戴禮卷後跋

漢儒傳經雖未必盡純而其間多可采者若大戴禮是已按漢書儒林傳戴聖字次君嘗爲信都太傅今大戴禮乃題九江太守戴德撰宋宣和間山陰傅崧卿蓋已病其訛謬以爲世亡漢史而大戴德獨傳後人詎知德爲信都太傅歟其爲書凡十二卷揔四十篇隋志亦以爲十三卷而夏小正別爲卷唐志但云十三卷而無夏小正之別至傅氏釐析經傳始可讀然今不敢鈔入傳氏説懼紊舊章也若崇文總目則十卷而云三十五篇者無諸本可定也或謂漢儒得記禮之書凡二百四篇戴德刪之爲八十五篇謂之大戴禮聖又刪德之書爲四十九篇謂之

小戴禮小戴為人見何武傳此所不論然大戴禮首題三十九終八十一凡四十三篇中間缺者四篇重出一篇其不可復見者則三十八篇故不能合於八十五篇之數其缺者既不可復見抑聖耴以為小戴之書歟其間禮察篇與小戴經解同曾子大孝篇与祭義同勸學則荀卿首篇也哀公問投壺二篇盡在小戴書然其諸篇亦多可采頴川韓元吉在淳熙間得范太史家本校定蓋謂小戴取之以記禮其文無所刪者也若夫取舍保傅等篇雖見於賈誼政事書然其增益三公三少之貴任與夫胎教古必有其說否則不應有是也至於文王官人篇則与汲冢周書官人解相出入夫汲冢書出於晉太康中未審何由相似也若公符成王祝辭而稱陛下於考古何居餘諸篇先儒取以為訓論者謂其探索陰陽窮析物理推本性命嚴禮樂之

辨究數度之詳要皆有從來第不可致詰然其書度越諸子也明矣海岱劉公庭幹以中朝貴官出為嘉興路總管政平訟理發其先府君御史節齋先生所藏書刊諸梓寘之學大戴禮其一也遂昌鄭某向嘗學於金華胡汲仲先生之門每以諸生拜御史公得聞緒論上下數千載亹亹忘倦而公不究德故始發於嘉興公公以某嘗承教於御史公也故摟其識之卷末云

跋聚星樓卷後

記中五君子者皆布衣時其俱得內交而友之者其交情疏密雖殊顯晦亦異然不謟不瀆其始終則一也吳蘭陵手寫詩文一卷以遺某某以貧而屢遷竟失之論其所學方當大用豈意其最先卒柳東陽以七十之老赴召北上居無幾客死于京子長與某同庚聞其赴召至錢唐而疾作甫及家而逝今歸然如魯

靈光高卧武夷山中則杜徵君也雖時有書問知動履然不面已十餘年惟黃侍講前年名赴都去歲辭疾與告南還中書遙遣使趣赴闕今春劉張掖降香南鎮而道吳也聞其老而強健今敬德之樓居溪山宛然題識仍舊然復欲得五君子者登臨笑樂以合并於斯樓之上蓋斷然不復有矣今年至正庚寅也

蘇文忠公怒察帖跋

觀文忠公怒察帖辭簡意真猶有晉宋間風流餘意豈若宋末年繁文陋書為可厭哉

跋雲笈七籤卷後

莊周氏生衰周所著書於道有獨見豈諸子所能彷彿哉蓋其時六經非有所表章也而其言曰詩以道志書以道事禮以道行樂以道和易以道陰陽春秋以道名分後世鴻儒輩出不能易其言也至其論列墨狄禽滑釐鄒衍田駢慎到惠施鄧析公孫龍之徒皆掇取其言以折中其是非舉無所遁於周之獨見至論古之博大真人則推尊老聃關尹然其謂道則不過懦弱謙下為表空虛不毀萬物為質若所自序則曰死與生與天地並與神明往與芒乎何之忽乎何適萬物畢羅莫足以歸周之言若此非超然有卓見於腥腐之末世惡能若是哉太史公嘗興欲上繼六籍成一家言然是時學士大夫更坑焚之後搢[illegible]罕少無從講明所為迂惜者雅不足也將欲上繼軒轅下逮[illegible]武固乃局於春秋內外傳世本戰國策楚漢春秋所為迂惜[illegible]博不足也然而迂能有見于百家異同之說析而為九流獨尊道家氏之學以為無為無不為又曰神大勞則竭形大勞[illegible]神形離則死迂之言如此是若有見乎修鍊蒔抱以固其

形神者故西漢二百餘年々間英雄卓特之士皆有取於黃老之
学要皆迂有以啓之也厶 其書所謂道家者流之學雖不能盡
見其純全然祠竈方藥所由始醮祭祈禳所由終蓋斑々可得而
見矣由漢迄晉魏以至于唐昧其本而惟末是求忘其大而惟
細是適於是改年以為太平真君任道而為山中宰相却兵而
禱於大道攘亂而結於諸方其極盛至于唐推其祖為混元上
德受其階為三光高明 其英偉人君傑特輔相服食丹劑佩授
籙致之史冊綿々不絕書更五季離亂至於宋之初與与高道
泥特之士僅有希夷先生未幾而張守真之徒出逮乎真宗崇
奉天書以王文正之賢猶不免況王欽若者乎時之人以時君
所崇尚也悉其聰明竭其聞見網羅六合之大搜剔群物之細
為之為鬼神明之為禮纖々之為珠璣華實変之為雷霆風雨研

極乎三才萬物以著道家之為書所以中人君之欲首世尚之
大蓋莫備乎雲笈七籤之為書道家者流崇信之不異乎天真
皇人按筆以書之盛典也於是尊之庋之列於飛天法輪祕為
琅函寶軸更今四百餘年矣能讀其書者蓋甚寡而況於校讐
手寫者乎而李虛白高士素有志於學仙也手寫是編凡若干
卷字結體遒密終始端慎曾無錯漏其用心抑亦至矣繕錄既
完南走武夷山中求杜徵君為之序徵君所以稱道之者亹々
不絕而予與徵君交契非一日徵君既許与君此則予也安得
以蕪陋而不為書以繼徵君之卷末也哉　樂
書

與張德常 二首

僕賁鄙無補深有媿於左右方圖念欲以竢屏黜又蒙移擕李

力薄志劣何足堪之第以稍遠教音爲千萬恨伏惟坐治之餘動履康適深慰深慰今因顧仲雅到州之便謹用附狀問起居僕亦自是行矣仲雅道合氣冲才勝於昔者欲爲把茅蓋新之計令人忻羨會間必自見之也

比旆將之嘉定連日阻雨不得追送然朋友間以詩以序其所以頌遺愛揚令名播德馨可謂克盡老筆也已早晚鏤諸石如馬令皆有嚴尊皆有學問何其酷肖似也且聞下車之後一州之民蒙被膏澤驩聲洋溢想見儒者治効非俗吏所可企及秋高氣清亦欲拏扁舟至海隅以觀新政未審雅意如何州西隱寺一老僧可中庭今亦瘞久矣其生時待僕甚厚至今塔未有銘望閣下發揮其徒不可泯没其聲光也舊友翟文中外仕宦久矣廉謹有學今避地在界牌之綽墩將飢死閣下能屈致於

治就學月給廩以活之亦盛德事之一也秋向凉百穀時熟惟厚愛以膺大寵不一

與杭州路廉宣差起咨褒封岳王書

某老矣每自念先大學士忘其齒爵德以下交閭巷之小生不惟温顧之而已其所以勸奬成就之者銘感心膂更百世其能忘之哉閣下以名門世胄敭歷中外遂尒秉麾出鎮錢唐某自恨孤負動身如拔山徒極傾企而已故宋忠臣岳武穆王其墳墓在杭西湖北山更今二百餘年矣岳王勲烈在旂常忠義在海寓姓名在竹帛閣下以文儒世家能言之能白之今岳墳主僧可覩者念王爲忠臣烈士而求朝廷褒封祭祀之典缺焉自非閣下勇往作成則王平生何以著顯於天下江浙省掾史宋懷玉於是事嘗殫竭其力閣下試扣之當知某言爲不妄時暑

所炎望石亍愛為國自重不具

與烏程丁壽道明府

某罪逆餘生本不可詳姓字上于凡格然性賦蹇直見有義激于中者輙欲布憤懣為當世大賢告某舊居杭西湖西与岳鄂王墳寺百步而近故知其事為詳寺久廢於庸僧今宣政院劄差一僧可觀為住持寺有田七十畝典賣在烏程兩鄉豪處幾十餘年亦嘗數遍經官俾歸此田而至今捹為已有愚竊謂胡安定先生之墳得先生而後歸正今忠武功德正是忠臣烈士載在祀典者而何物鄉豪乃敢據其先朝所賜田自非儒者道義憤激幾何不以為迂且誕者况典寺田自有通例深惟先生公明所照不孤此意耳于瀆清嚴殞越待罪伏乞尊照不宣

與歸安年景陽

某頓首陰山先生閣下前日聞長令郎入吳以不獲一見為慊人從吳興来者輙能誦閣下治政之美清剛堅決百里遺民蒙被潤澤者和風甘雨溉及凡物可勝既哉某兀中吳閭巷間無足為道者茲恃雅度輙有白事杭州褒忠寺忠武岳鄂王香火院也有田在湖州久為人所據今主僧可觀為住持欲經理之寺久廢而觀甚貧閣下念鄂王忠烈出力為理之亦盛德一事也冬間欲望履模未審可動身否伏乞尊照不次

前以岳忠武褒忠寺主僧可觀訟田事曾具記上陳典籤氏繼而此僧来備言閣下見義勇為已為復得廿餘畝仰見盛德之至冥為地下枯骨復其烝嘗功德何量耶因自念某生岳墳之西方其幼也目擊其廢稍長鼓篋从旁一故宋老儒讀書又見江州岳氏及宜興仲遠之家圖興復之已而先人之廬不自保

比入吳岡知墳與寺之盜墜而廟貌香火一朝委地也舊鄰有
來吳者往々能言之言之未嘗不淚下也夫淚下者豈有所為而
然哉秉彝之心忠義之激不能自已耳僧可觀雖愚戇而能殫
力為忠武晨香燈夕之謀夫豈偶然哉天於忠義之報必陰有
以相其衷者以故忘其祀分輒書閣下閣下平昔忠義激烈德
望乎人據此而可忍孰不可忍茲舉也上當告于分司下必告
于路官使其田盡復則觀且將紀公盛德刻之堅珉置之忠武
祠下使萬世永久不朽夫豈一時拘々者所能與哉情辭迫切
伏乞照恕不次

與烏程張元明判簿 二通

去年嘗一再辱書有自吳興來者輒能言閣下持官持身氷清
玉剛文穆公有孫矣英聲茂實夫豈久淹簿領者當拭目以俟
茲時雅度輒有白事杭州褒忠寺宋以祀忠武岳王有田坐落
貴治久為土豪所據今主僧觀者將經理之寺久廢而觀甚貧
閣下能念王香火載在祀典肯出力為理之誠盛德一事也柯
博士近於九月初還吳觀遣人求書述以故柯公不及作書匆
訝匆訝未由會晤尚幾厚愛侍奉吉慶不次

前日來吳不遑款一餐皇恐遠今岳墳寺僧可觀者備言閣下
德政之醇美可慰且言忠武王贍墳薄田雖已復得而無所執
證慮及久長必得湖州路一宗文據則其田畝將來始不為強
有力者所轉移也於是觀復至霅川有冊丘書與何節推可以
為其緩頰處完而畀之忠武有靈未必不鑒照在上也貴邑王
大尹三月間在吳亟於賈治安縣令坐間相會不敢易々作書倘
會仲穆節史仲光博士德茂教授皆為致敬幸甚

[illegible]三閭[illegible]

[illegible]

[illegible]卷十七[illegible]

[illegible]

上達監司啓

恭審輟講金華出司水監屬使節於漢室之老豈惟明農驗田
畯於豳詩之章莫先徂畛宣恩言則魚鱉咸若論入望則草木
知名歡騰隴畝之間喜溢江湖之上而迺扁舟適越意欲卧夫
東山一札來吳恩益隆於北闕蓋進退一循乎義命則身心倍
切於聖賢況憂國丹誠水萬折而必歸於海律身清節月孤朗
而不翳於雲故能屹砥柱於中流振高風於末俗況詞源決三
峽之漲理窟搜萬殊之同任道若韓而無其貴富之欲立朝似
范而有其憂樂之悰既悉其忠以事君不遺其暇以游藝交柯
玉樹補石鼓之殘垂露金莖發鴻都之祕人有其一已足尚公
兼其全若無能方且知無不為益加卑以自牧用是入參鈞軸
夫豈久淹水衙某棲遲中吳困頓下土老牛舐犢顧豈望其代

耕鳴鶴在陰亦非圖其繼和第惟衣食之計難忘父子之情使
坐視其飢寒實所不忍蒽自厄於困窶何由克全既濁質不可
以業儒茲苟圖乃從其為吏便蒙掄合之祿能無搒笞之憂事
急目前慮拋身外旁無蟻子之援難似登天使有鼠壤之餘亦
堪為地其如貧病凋落不可栽蒔生成平時友朋公欲以貸而
斂其科鈌上界官府明秉以心而昧其從違譬逐兔而疾足高
才似鬪鴨而神槌毒手天乎此若命矣何言自非恭遇監司內
相白野先生閣下吾道丕基斯文元氣視顛連之無告不殊痛
吾之切身識理亂之未形洞灼幾微而敷政惎素聆緒論茲睹
末光敢云蘇章之二天實希伯樂之一顧編摩雖淺依庇則深
謹再拜具啓以聞伏惟鈞慈俯賜鑒念謹啓

再奉監司達白野先生書

故印押公文昭章明白以發行矣不識何故而程丙者迴斡轉移乃倘攙奪之禍念病廢老生於六範六極所謂病憂貧弱者也趙參政李廉使皆以太平盛世 聖君之賢相斂時五福以錫庶民為心也於是造就小兒令得龠合之祿以養其病廢殘骸令缺期在近而乃見奪於富家小兒然此不敢自默有孤趙李二公之厚德也於是上告朕能宣布 聖君賢相斂福錫民莫先於究者獲吐屈者獲伸貧老無皈者獲有所養是則閤下之任也不揆微賤上干鈞嚴進退之間皇汗悚仄

疏

虞雍公誅蚊賦刻石疏

宋丞相雍國虞忠肅公嘗作誅蚊賦內傅後公之六世孫翰林侍講學士以文儒顯既告老還江右而白雲閑上人與之有舊自吳訪之於臨川蓋雍公集舊嘗刻於蜀而版遂毀學士後雖貴而雍公集求之不得竟不復刊學士之父參政公大德庚子歲亦嘗至浙物色雍公集竟不可得而僅於道士侯顧軒處得誅蚊賦稾然竟藏於家上人以賦稾為請學士為叢篋取讀上人曰丞相真蹟不敢望得學士手書一通東還吳則幸矣學士遂為草草謄錄而仍記顛末於賦後上人念學士詩文好事者已悉為刊版若雍公之功業雖不繫於文字有無而誅蚊賦僅存耳無聞江右近經寇亂百不一存於是上人欲以學士所書賦勒之金石庶經久弗墜而上人老矣力弗逮迺以此賦歸於公之八世孫戡字勝伯者俾刻之勝伯既續學克世其家以世故棘驀益貧困固宜寶而藏諸而猶慮夫泯而不傳抑亦負上人之意敢以是干諸好事君子見助焉則賦刻諸石無難者

矣敢請至正十七年秋八月、朏書

重建岳鄂王祠寺疏

杭州路西湖北山褒忠衍福寺伏念故宋太師忠武岳鄂王忠孝絶人功名蓋世方畧如霍嫖姚不逢漢武徒結志於亡家意氣似祖豫州乃遇晉元空誓言於擊楫賜墓田於栖霞嶺下建寺祠于秋水觀西落日鼓鐘每為聲寃於草木空山香火猶將薦奠於淵泉豈期破蕩之愚頑盡壞久長之規制典紡田隳佛宇春秋無所烝嘗塞墓道揭神棲風雨遂頽廟貌鵂鶹夜啼拱木蠁蠋春吐斷垣淚落路人事關世道盖忠臣烈士每詔條有致祭之文豈狂子野僧挽國典出募縁之疏望明有司告之臺省覲　聖天子錫之珪璋褒忠義在天之靈激死生為臣之勸周武封比干墓事著遺經唐宗建白起祠息罪異代下均士庶

咸共見聞謹疏

追薦故元帥達公亡疏

斮賊捹死人臣之大節凛然請佛證明朋友之交情痛甚竊念物故中奉大夫浙東道都元帥白野達兼善先生以科名甲天下以行義著朝端潔白之操寒於冰霜清明之躬炳乎日月切磋斯至殊有得乎聖心敭歷雖多不少罹於官謗使久居廊廟必有益寰區柰京觀未築之鯨鯢邈魏闕孤騫之鸞鳳身後纔一息能續蔡中郎之傳眼前方百罹誰念顏杲卿之死某托交最舊慕徳如新慟哭西門羊曇之淚如洗蹈死東海魯連之恨奚窮匪依憑覺皇曷薦揚烈士伏願英靈如在豈但毅而為鬼雄幽爽不違要且張而作人極以助神當代以增光斯文

故印押公文昭章明白以發行矣不識何故而程丙者迴斡轉
移乃倆攙奪禍念病廢老生於六範六極所謂病憂貧弱者也
趙參政李廉使皆以太平盛世　聖君之賢相歛時五福以錫
瘝民為心也於是造就小兒令得倫合之祿以養其病廢殘骸
令缺期在近而乃見奪於富家小兒然此不敢自默有孤趙李
二公之厚德也於是上告朕能宣布聖君賢相歛福錫民莫先
於窮者獲吐屈者獲伸貧老無飯者獲有所養是則閣下之任
也不揆微賤上干鈞嚴進退之間皇汗悚仄

號

虞雍公誅蚊賦刻石跋

宋丞相雍國虞忠肅公嘗作誅蚊賦內傳後公之六世孫翰林
侍講學士以文儒顯既告老還江右而白雲閒上人與之有舊

自吳訪之於臨川蓋雍公[illegible]集舊嘗刻於蜀而版遄燬學士後
雖貴而雍公集求之不得竟不復刊學士之父參政公大德庚
子歲亦嘗至浙物色雍公集竟不可得而僅於道士侯順軒處
得誅蚊賦稾然竟藏於家上人以賦稾為請學士為裝篋取讀
上人曰丞相真蹟不敢望得學士手書一通東還吳則幸矣學
士遂為草〻謄錄而仍記顛末於賦後上人念學士詩文好事
者已悉為刊版若雍公之功業雖不繫於文字有無而誅蚊賦
僅存耳無聞江右近經寇亂百不一存於是上人欲以學士所
書賦勒之金石庶經久弗墜而上人老矣力弗逮迺以此賦歸
於公之八世孫戡字勝伯者俾刻之勝伯[illegible]績學克世其家以
世故棘囏益貧困固宜寶而藏諸而猶慮夫泯而不傳抑亦負
上人之意敢以是干諸好事君子見助焉則賦刻諸石無難者

深林若荆溪之宏邃也然其人士之美不减荆溪故两地數相徃来吳人周履道讀書績學久矣其館授亦嘗與予相近大篇短章所以示予者頗已駭人令人畏服别去六七載復相會于吳自罹變故来心目昏耗坐語久猶未識為履道也以小帙示予讀之始猶未以為奇纔玩味朗誦愈讀愈奇其優柔含蓄非自其性情與道脗契盖弟能若是也視昔所見迥絶不相似諗知履道更亂離与其友高孝常游荆溪閒邃之為谷庢泉石深之為洞窟巖之為岩巒幽之為林壑敞之為人烟聚落二子者窮幽極深一草一木盖無不入於其所賦詠者柳子厚久居夷陵不辱世用於是極山水之勝發為文章其名遂與山水相久遠令二子身遭百罹顧能登眺遊覽氣志不少挫抑長歌短吟鏗金擊石二子者謂非奇絶之士可乎顧予老矣不得與盤礴徒誦其詩使人傾企瞻望云耳

送丁希元序

淮西公告老於朝 天子不允召拜翰林學士於是公乘傳入覲而以其甥丁希元從公與希元皆韓端國人韓端與國朝地若犬牙錯列去江浙二萬餘里希元幼侍其親讀書江浙閒稽經質疑問學大備使對策大廷其取必右選若探囊發所素有曾何難哉會舉選暫罷人惜其學成而時違而不知其蘊用以俟時也今淮西公於玉堂清署從容獻納者紬之於心熟矣科第其能久輟乎然則希元富貴其所固有若夫期待希元者則豈區區富貴之謂乎吾老矣異時擁幢盖而南也下士忌勢能如淮西公則必款予於畎畝之閒矣問焉而以言其功名所成就要豈無以語我者希元其知所勉夫

送倪中愷序

向在杭識上饒祝君蕃遠父時方設科取士而元祐獨取周秦兩漢間文朝夕諷讀之法其言為文章以示他人漫不省獨祝君與宛丘趙君子期恒嘖嘖稱善然不能自審其如何夫以某之孤窮而二君之卓識偉行其不阿其必矣二十餘年之間趙君繇高科顯于朝祝君嘗鄉升今為番易郡博士獨某孑孑江海上僻學不可售於人人至指目相笑訕甚矣其習之迂而命之窮也去年秋中愷自昇來吳鄉嘗從祝君户屨間識中愷夫以君學行之純明其從游之懿美斷可識矣然於中愷竊有感焉自道術為天下裂學者膠於訓詁章句於是聖賢心術之精微愈近而愈違愈合而愈離中愷獨能得於師之說身從心乎言送行乎故能慥慥一致以自達于坦坦之途今中愷挾其有將

上京邑以其師之相予也須一言以贈其行元祐窮甚矣亦何取於其言哉入朝見趙君為其言曰使老祝君於大山豐林僅私淑其徒耳孰若使之淑天下之士哉昔宋胡安定先生其門人高弟用之畧盡而先生之道益尊故曰達視其所舉於中愷之行也能無望乎

送顧定之序

顧於吳為著姓自丞相雍侯而下代有聞人至虎頭將軍用文藝擅詩名而世獨稱其繪畫至今吳之士風流文采既非他郡所能彷彿若夫江山人物竹木花鳥點染之而英華發披拂之而精緻具其繪事精妙又不下於古人是則流風餘韻漸濡涵煦夫豈一朝一夕哉今顧君定之讀書績學既已熟之於父兄師友矣至於游心繪事則雖老於丹青粉墨之間者莫不推讓

幸何也蓋古人道無常師而況誠其可師者哉鄉年韓有道先生入吳元祐嘗以諸生拜先生矣私自念自從子弟都養從先生而學焉其贖無聞亦何至於是也竒窮百憂莫之能遂其不幸孰有甚於元祐者今天祥教諭於是也而先生以文獻故家家於越之郡城數世矣元祐不識蕭山到郡城路幾何道夷險如何縣學事繁簡如何竊為天祥計縣去郡必不遠縣學事必不至於太繁劇也誠能謁告邑宰時往從先生以講討六藝百家之言譬之遡江河之支流其委系非不廣且遠也然終不若一窮其源也三年之久天祥其復相見於吳也學官年勞不足言其有聞於先生者山增高而川增深也萃乎其太山喬嶽淵乎其溟海之無窮也學官云乎哉請以為贈

送吕惟清序

宋丞相吕文穆公以厚德兩入相及大小申公相次柄用致宋德業偉耀如兩漢盛時逮宋將亡而文穆子孫生武勇將帥如武忠兄弟起田間秉旄鉞赫然以功名顯著于天下武忠薨而權姦誤宋滋甚於是武忠之子平章公以襄漢歸國方是時藩屏之臣陷身重圍百戰死守五六寒暑天心變於上人心變於下故如節之上六以為苦節貞凶則其道之窮身之不幸豈獲已哉余生晚不及見內附之初年然自髫髾時待先生杖屨往往能言武忠之善戰平章之善守權姦之胄不勝誅季世之遺才興王之良佐有未易一二言者予齒日以長於杭吳昇諸郡喬木故家猶有存者時見吕氏子孫珠玉錦繡之習輿馬聲伎之奉留予目而在予耳者今猶一日也無何歷稔既久草木之枯榮不同浮雲之變閃迭異迄余已老始識惟清於中吳惟清

之大父宣慰公平章之子也方宋有國時呂氏之貲業何可以筭計今皆淪落傾謝而惟清自幼好學六藝經傳百家之書蓋無所不觀而能絶意於進取厲志於窮隱寓吳城而居幾十年日從薦紳先生游一朝詣予别其言曰家有薄田在蕪湖而老父以隱約居湖上茲將歸耕以養父讀書以明理庶幾乎古人耕且養子將何以語我余謂惟清生宋季使享世祿顧何暇於學宋亡而家之貲産能令賢者損其志愚者益其過亦何暇於學茲惟清潔身若寒士養晦如愚人而能歸而耕且養磨礪其志不少退則問學之成斷可卜矣更十年而余暮齒獲尚存且將訪子於湖上其有於聖賢學術之精微幸勿靳以告我

送趙克上序

自仁廟設科取士更今三十一年初應科舉久廢士習不同於是河南省三歲貢士裁七人視湖廣則少矣視江西則尤少視江浙裁三之一今更一世累聖繼明河南士類曾不少增而士論亦恬不以爲怪夫河南爲國家内地其歸版圖甲子兩周于茲矣自昔士之成文武之才就道德之實者三代以降緊多出於大河之南顧至于今而士氣踈落乃若此涵煦而生植之者可不深思其故歟洛陽趙克上久遊吳楚間今秋將歸試于河南夫以克上積學之淵懿其登巍科縻好爵蓋有所不足道然不知克上斤〻取爵祿而已耶抑將建明於朝以父祖鄉黨之國教冠禮樂之地深〻思其故而達其道將何以而俾之富庶有方教養有道尚庶幾於先王詳内略外之意哉克上與時勉之今其歸朋舊賦詩送之者凡若干人而某爲之序 至正四年三月

送徐元度序

周以后稷興故其子孫有天下於郊廟薦饗其功烈而被之聲
詩者一是以農事為言我朝起朔漠百有餘年間未始不以農
桑為急務欽惟　世皇東征西伐豈知東南之稻米然既定鼎
于燕有海民朱張氏設策通海運用海艘趁順風不浹旬而達
於畿甸其初不過若干萬興利之臣歲增年益今乃至若干萬
推是畿甸之民開口待哺以迄於中州提封萬井要必力耕以
供軍國之需如之何海運既開而昔之力耕者皆安在此柄國
者因循至於今而忽仰東南之海運其為計亦左巳至正壬辰
廟堂大臣言於上即畿內開屯田深惟甸民不長於水畊而昧
於種稻也於是毘陵徐元度由泉賦提舉出使江南名募江南
有能力者授之官而俾之率耕者相與北上未幾而畢集夫田
作蓋民之所天故成周有天下豳雅之陳不惟其他而惟切切

於衣食宜乎登歌雅頌之不敢以忘故能歷祀八百與夏商比
隆也秦起號富強蓋其民不畊則戰漢以孝悌力田選士故其
得士為多趙充國平西戎建置屯田邊費為省降是莫不以屯
田致富強也然水有順逆土有柔堅或者謂北方蚤寒土不宜
稻然昔蘇珎芝嘗開幽州督亢舊陂矣嘗收長城左右稻粟矣
隋開皇間長城以北大興屯田矣唐開元間河北河東河西隴
右屯田歲收尤為富贍由此言之顧農力勤惰如何不可以北
南限也然吳下力田之氓一旦應召募捐父母棄妻子去鄉里
羈棲旅泊欲其畢志於耕穫雖歲月不甚久然亦必使之有室
廬井竈有什器醫藥略如鼂錯屯邊之策庶乎人有樂生之心
無逆旅之嘆此則又在乎元度轉其情而聞之廟堂　聖君賢
相方憂民如子之時元度之言行且將用之為田畯用之為農

大夫其進頌於朝者亦將與思文后稷克配彼天之詩相表裏余老矣尚庶乎其或見之

送年伯愚序

故宋金紫光祿大夫端明殿學士蜀人年清忠公以直道正言凝立理度兩朝是時閹宦方竊寵而公言之不置遂貶姑熟至今腕靴返棹圖清風勁節照映千古繼而提刑先生風範學術又與清忠相丙煥江南入版圖　世祖皇帝擢宋名臣躋顯要而先生與邑人耻堂高參政矢不屈先生兩子長爲主簿君誠甫先生是也季爲治中君景陽先生是也若主簿君之博學雄文治中君之言行政事皆海內所推重今伯愚在治中君爲長子以門蔭初授震澤巡檢遂辟掾浙東元帥府用年勞陞授福建塩運司知事讀書績學𢰅爲簪纓家子孫治中君向以文獻

世家年甫冠遊京師諸宗工鉅學若閻承旨以下莫不推獎愛重時李丞相㕵固欲屈公出門下公毅然不從由是堙鬱逮晚雖廻翔下僚而剛特勁槩不少挫抑伯愚能世其業上繼其前人且將蹶〻柄用矧治中君知舊尚多存者伯愚行矣武夷山中杜徵君先生年已七十餘矣其道德方爲　聖君賢相所歆慕治中君無恙時平生友契先生其一也伯愚道武夷幸徒步入山望先生下風以致拜焉則夫所以治官治身者先生且有以語子矣豈但施之塩筴而已哉雖擧之天下可也

送岳季堅序

物不能寖盛而不衰故君子之於物以其外至而不可容心以去留也於是等之如變滅之浮雲如散聚之埃壒槩不少動於心至已之得於天而見於言語行事之閒者則必兢慎畏惕罔

敢斯須或悖之是以君子願己恒重而願物輕良以此也昔者義興岳氏由其前人銖寸積之至於漢陽君而始大方宋內附初漢陽君以其所學游公卿間尊彝罍鼎書槃琴瑟其辯博賞識既足以駭動一時然必本之以忠厚之懿美濟之以封植之久大故浙以西人字君曰仲遠而稱之不容口數十年來漢陽君物故岳氏竟儞銷謝而不復能有其家矣名榆字季堅者君之子也季堅於諸子最警敏嗜學君喜其有夙成之資不惟延師教之至使裹粮負笈以肆其討論之益茲欲北游京師人許其衣褐無寸羸亦何所挾而其然有事於數千里之外哉季堅曰先人由布韋登仕版其言行歷歷有可傳世而垂後者懼將泯泯無聞也吾將掃文儒先生之門庶幾委雄文勒貞石所謂發幽光於朽壤慰孝思於無窮吾豈辭不肖而憚夫負哉於其行所交各賦詩送之而其復瀆之以衰盛之端莫匪外物若夫脩身以俟命雖己嘗熟聞然迂拙所聞僅若是故不愧強聒而告焉異時季堅能以所學致光顯亦豈能外斯言耶

贈張從善序

予嘗至毗陵過所謂小東門者寒水如帶綺城北流窄逕蹊籬民居雜出町畽間其傳城已近而物景甚於墟落蓋更六七十年矣而民氣未復兵禍之慘如此哉張君從善甫其先府君嘗錄事其郡內為常之民掩骴骼奠居室常人德之故挽君居之君仕既廉慎華門草屋稻畦蔬圃僅比下農夫之家而君居之不厭上以奉親下以教子其親與君皆終於是從善以其樂之也乃復葬於是而從善亦已老矣間從善壯盛時喜讀書善騎射錦衣繡襮眉目如畫游遨趙間觴酒微酔箕踞吹洞簫閻持

孫不能爾也史秩滿考吳人士以宜之吏水曹有能稱圖欲章
其德美也莫若形之言余於是復得其家世焉淮安路山陽縣
則其世以儒而占籍者至宜之大父嘗為嘉興路安撫使後陞
廣州等處總管逮其先君子皆以游官寓浙西今宜之以年勞
且將躐、向陞進天將䘏忠義之報則宜之赫然為世用若然
則忠貞公之德業豈但顯著於晉室而已哉吳人士既相率賦
詩以贈之而援為序首簡

送楊季民序

古者民恬安而志分定故雖一事也而輪人之志在合於規圜
有不暇志夫輈人之如屋梁也一事之製不遠而猶若此矧農
夫商旅各有所志之事乎由此觀之民生其時異言有誅異服
有禁所以養其恬安而定其素志者豈一朝一夕之故先王之

造士也雖皆教以六藝然學易則於太卜學春秋則於太史學
禮則於宗伯學樂則於瞽宗惟詩與書得通授更秦而先王之
道廢漢興六藝殘缺士各以其所便者為學然猶謹守師說而
號稱專門夫六藝尚矣姑即詩言之風雅正變雖不同而舊章
民風形之詩者方巡守也命太師陳之以觀民風然後采而錄
之夫采之者有官而侵官有誠自詩定為三百篇采詩之官廢
久矣而況漢更魏晉以迄于唐其為詩情聲節範亦皆屢變而
不同大槩世降俗漓其聲容未必得其情而情聲之實亦時可
以槩見其人矣昔孔子不以論篤與人然言本心聲自不容偽
江西楊季民氏自其上世皆工於為詩然閟其聲光不以用於
世乃自以樂於大山窮谷間至季民其詩益工其窮益甚而其
志益堅季民學富而詩工非不可[illegible]塗以求顯也蓋其志分定

而心恬安也於是其父兄師友相與言曰楊氏工於詩數世矣其工於為詩也期合於古人非求知於今人也雖不求人知而不可以不知也乃屬季民沿江入浙而遂留於吳者幾一年見人所賦詩一篇一什輒皆采而錄之其告之曰官不采詩久矣而父兄師友屬之季民者豈特詩之美惡高下哉舊章民風與古雖殊然皆先王之澤也先王之澤未泯尚於此見之則豈徒傷今而思古哉季民之歸也發所采之詩而讀之其感發而懲創者端可以知人乎因言以知人因人而論學昔者商賜可與言詩而遂有補於世教非夫季民父兄師友尚誰望哉

贈李憲僉序

昔殷太師以洪範授武王已而太師受封朝鮮朝鮮之民被其化遂成禮義之大國周之衰聖人道不行於天下之廣限聖轍而不可往者則曰吾欲居九夷得非聖人睹中州之澆偽而有慕夫東方之俗歟隋煬帝逞侈心以為高麗冠帶之國也舉兵征之遂致大禍唐太宗指麾則中原清顧盼則四夷服其征高麗也所料與其國對盧之言僅脗合由此觀之則高麗之為國其人才未易量也　聖朝承平日久海宇晏然夫何三四年來守令失撫字民為寇攘至正壬辰春海寇燒劫嘉定崑山而浮朝鮮李公分憲吳下深惟吳乃財賦所由出實國家東南大藩屏苟城隳壍湮無以禦盜於是謀於守臣而經費方不給公乃集衆議廣衆思斟酌民貲厚薄多寡量城丈尺而分築之蓋城周四十餘里高四十餘尺費以萬計為役可謂大矣況民不可與慮始故築甃之初謗詛毀恨莫究由來而公恬然一弗聽焉埃赤日揮汗如雨暑弗少憚巡察城上下以稽工役勤賞怠罰

慼行惠𣫍杵楨齊集矩度整截雉堞森然儼如金湯百工甫畢而紅巾賊起矣始犯錢唐次及吳興毘陵京口相繼殘破而耽耽吳城獨克完峙於是吳之民乃始驩忻悅懌變嗟怨為言笑易嘆恨為謳歌以為中吳非公繕完城池亦且摧陷鋒鏑肝腦塗地莫知其所以也感公恩如父母戴公德猶更生而公亦釋然自喜自慰嘗傳聞警急時晝夜身巡市里累旬弗懈雖有穴墻鼠狗亦皆革化故吳民獲奠枕安寢者伊誰之力哉若公推憲平允揚清激濁不茹柔吐剛而使姦邪黠猾之攝伏此吳民於公當尸而祝之於社雖有世不易者也公名朶只字仲善朝廷錄是功特進重位登廟堂而銘勳業於旂常者應自茲始云

送漕府李侯北歸序

燕自召公啓國其世系與周始終世言燕趙多悲歌慷慨之士夫更聖賢之所過化其習俗之懿美人士之傑特豈但悲歌慷慨而已哉國家肇興朔漠定鼎燕都百餘年來燕人士以其才用內而廟朝外而郡國蓋多魁奇偉特之士第余不辰生長錢塘湖上南遊止于婺北遊止于揚重以狷峭與人不能苟合故於當世顯人罕有識者然以先隴在吳也僑吳逾三十年矣孤貧人所厭賤益與世無聞向年劉公德之來貳水司已而吳公仲常來守郡治二公皆燕人皆忠厚惻怛有長民之道不以予無似辱相過從後皆北旋徒企仰望今春李公仲賢父亦燕人以湖南憲使來尹漕府一日款余室謂予言曰得子姓名於文字間久矣發京師之日國子祭酒宛丘趙子期念子之貧也以子托之我廣乎涵煦之然自料無以振子也奈何自是獲與公時往還公為人忠厚惻怛與前二公曾弗少異每見談經紬史

與雜論荷所以慰藉者至矣公嘗謂予向持節河南有吴彥輝
者尚無恙予所為詩文常見於其家子與彥輝雖顯晦不同要
皆不辱予交者予謝不敏何公自春徂夏以疾作遂不樂居吳
乃以秋七月望買舟北旋余辱公知契也問何行之亟公曰漕
府職任重範銀為印章冶金為符節各道憲雖尊嚴貴重曾莫
之及每春夏運畢優閑無餘擾使予悠然養疾于此豈非幸歟
然官轍未嘗一日而南今南來失調若是不自辭去一朝誤饟
餗則先人忠惠侯之澤尚何託乎於是公於梁溪之上而為言
曰今聖君賢相用賢如不及況公中朝老成德望重海內　天
子是毗公卿是師固無疑矣然獨於予竊有感焉蓋燕人士臨
莅吳下者忠厚惻怛藹然也祥風慶雲三十年來前後僅三見
聞劉公巳告老於朝吳公今為西臺中執法生景仰舊悰因公
而竊得以問焉亦庶乎曩時門下賤士之意也

送張同知之官嘉定序

吳為澤國獨吳縣為有山山峯起以環具區蹴烟浪多至七十二
峯初子胥未入城吳猶宮於靈巖更今二千年故宮陳跡尚多
存者登臨探討感念今昔未嘗不令人惻愴興懷也縣令張君
德常係金壇文獻故家蚤以才器知名江表奉其嚴尊避地來
吳未幾徒步起家為縣丞縣遭隣境失守民心恟恟不安君雖丞
其所以撫恤之者逾於尹聲蜚實章遂陞縣尹使為尹承平時
猶斤斤不易況軍旅殘破之後乎德常之尊巳老白首移孝以為
政於一邑其惠及民者真所謂息黥而補劓生死而肉骨無媿
於古之人於是民氣稍稍復完今茲五閱寒暑政譽洋溢用年勞
陞授嘉定州同知夫既尹大縣民戴思德自宜守一州然猶任

祖宗遺澤奚究其業乎講世業乎士[illegible]敢且耕業[illegible]

矣今其子孫可以搢紳者八世耳若以上推阜林[illegible]但[illegible]為

適三人[illegible]三入有斗[illegible]由其子以上遡于漢士八世于[illegible]

者其居之盖自其始祖[illegible]土伯[illegible]之譜由漢士[illegible]今[illegible]

譜籍山宗山祖[illegible]族非有溪谷[illegible]華[illegible]其東有[illegible]

[illegible]東遷有山過山祖傳演[illegible]以[illegible]其西來乎[illegible]

栽培涵[illegible]於數十百父則有閒且厚以不能無[illegible]

於[illegible]畝之間夜寒而且[illegible]不為少矣蓋以詩書之[illegible]

優游於谷者亦[illegible]而廉有于遺者夫繼與而突起之家子[illegible]

推文獻故家乎[illegible]盡下[illegible]民舊當[illegible]士譜猶[illegible]

我其閒家樂[illegible]有於今日人事之廢[illegible]天運之[illegible]

回謂不必也六十十年以大太平以[illegible]而[illegible]年[illegible]於

沂[illegible]西潭族譜[illegible]自[illegible]指為不

過山楊氏族譜序

今日[illegible]而信可行矣必士祖與[illegible]以而[illegible]其為以[illegible]

信可為[illegible]士[illegible]能降心以間學[illegible]與其所學與[illegible]以文不[illegible]

大儒信可學與聞守固宜有以異乎家夫上[illegible]

美信可聞而[illegible]矣人至之西乎[illegible]宜於信為以言曰[illegible]

[illegible]不以寡其[illegible]人者曰[illegible]

[illegible]

[illegible]

[illegible]

[illegible]

身其業[illegible]

與雜論荷所以慰藉者至矣公嘗謂予向持節河南有吳彥輝者尚無恙予所為詩文常見於其家子與彥輝雖顯晦不同要皆不辱予交者予謝不敏何公自春徂夏以疾作遂不樂居吳乃以秋七月望買舟北旋余辱公知契也問何行之亟公曰漕府職任重範銀為印章冶金為符節各道憲雖尊嚴貴重曾莫之及每春夏運畢優閑無餘擾使予悠然養疾于此豈非幸歟然官轍未嘗一日而南今南來失調若是不自辭去一朝誤饟餉則先人忠惠侯之澤尚何託乎於是公於梁溪之上而為言曰今聖君賢相用賢如不及況公中朝老成德望重海内　天子是毗公卿是師固無疑矣然獨於予竊有感焉蓋燕人士臨莅吳下者忠厚惻怛藹然也祥風慶雲三十年來前後僅三見閻劉公已告老於朝吳公今為西臺中執法生景仰舊悰因公而竊得以問焉亦庶乎曩時門下賤士之意也

送張同知之官嘉定序

吳為澤國獨吳縣為有山山峯起以環具區巘烟浪多至七十二峯初子胥未入城吳猶宮於靈巖更今二千年故宮陳跡尚多存者登臨探討感念今昔未嘗不令人惻愴興懷也縣令張君德常係金壇文獻故家蚤以才器知名江表奉其嚴尊避地來吳未幾徒步起家為縣丞縣遭隣境失守民心恟恟不安君雖丞其所以撫恤之者逾於尹聲蜚實彰遂陞縣尹使為尹承平時猶斤斤不易況軍旅殘破之後乎德常之尊已老白首移孝以為政於一邑其惠及民者真所謂息黥而補劓生死而肉骨無媿於古之人於是民氣稍稍復完今茲五閱寒暑政譽洋溢用年勞陞授嘉定州同知夫既尹大縣民戴恩德自宜守一州然猶任

州佐於海隅者千尋之木棟梁之具昭然匠石養之而未之顧
者期望者大也早晚施之用且将柱明堂支清廟凝然荷萬鈞
而無少齵齕矣呉人士分題賦詩以送之而屬某為之序

送岳山長序

宋禮部侍郎河南尹肅公紹興五年以崇政殿説書召其辭至
二十然後出蜀見　天子久之辭行在所居於呉之虎丘已而
入越卒捐館越上於是呉越皆建書院祠公歲時烝嘗立學官
置弟子員至元仍紀元之四年義興岳君德操繇縣學教諭攺
授紹興路和靖書院山長行有日矣某嘗館于其長兄漢陽君
之家見其家丘園室廬塋樹封植莫非數百年故物也人言其
完盛時延致名德鉅儒讎校羣經鋟諸梓且訂定音訓傳各經
以傳海內海內號為岳氏九經於時德操父兄子弟褒衣大帶

譚詩書說禮樂自浙以西推雅尚好脩之君子必曰岳氏云十
餘年間德操諸兄相繼論謝重以有司誅求朘剥而一家無復
曩時之彷彿矣德操後諸兄出登仕版人世消長榮悴不足言
當觀其所存者何如耳古之君子論天下士直論其人而不論
其𨓏𨓏成敗得喪良有以也今德操聞於父兄師友者不以舊所
齎而存則夫今之所存者動心忍性日增其所不能則其為學
視昔有加已矧玆往長肅公書院昔者肅公處患難之極更貴
顯之驟然不少動其心而直以道任於已今其遺書具在德操
善讀其書而學焉吾知德操益有以驗乎其中之所存者不系
乎其外之盛衰而學肅公也不難矣於其行書以識别

送方學録序

元統三年番陽方信可來為平江路學録朔望與教授參講人

治經三十年者……

說文解字讀序

……

見其雜度之習於禮也見其講討之根極於經旨也翫黷而不群委蛇而能文固以異於衆人也未幾教授坐貶除名學正又缺負於是信可攝學事吳學田歲入恒數千使善弥縫嘗与穴鼠窟狐争肥腯信可則不然日坐齋稽經考史斜錄學之弟子員昏明勤惰而策勵之稍暇則從老儒先生質疑就正它則泊然不以豪髮汩其心人皆曰是處脂膏而不自潤其為計亦疎矣信可聞而笑之至元丙子陞官於信為之言曰番舊多名德大儒信可所學與守固宜有以異乎衆矣上饒祝君存道士也信可為博士誠能降心以問學祝君則其所學與守又不止於今日而已也信可行吳之士相與賦詩餞之而屬其為之序

鴻山楊氏族譜序

江南歸職方浙西為故宋內地豪宗鉅黨以自附麗于昔者不可謂不多也六七十年之久太平之澤涵煦而生植者豈異於昔哉然其間衰榮代謝何有於今日人事之虧成天運之更迭非惟文獻故家牢落殆盡下逮民舊嘗脫編户齒士籍稍覺衣食優裕者亦併消歇而靡有孑遺若夫繼興而突起之家争雄長於壟畝之間彼衰而此盛不為少矣苟以詩書之澤德義之舊栽培涵煦於數十百之久則有間此所以不能無竊嘆也欤無錫東壖有山曰鴻山相傳漢梁伯鸞隱之而得名其西來与所謂奚山崇山相起伏委蛇淺狹非有邃谷層嶂也其東有楊氏者世居之蓋自其始祖處士伯瓒君占籍焉由處士迄今弘敞適三人茲三人有子尚幼然由其子以上遡于處士八世于茲矣今其子孫可以推知者八世耳若以上堆阜林薄但知其為祖宗墟壟然莫究其幾世幾年也士服勤農畝且耕且養暇而

[illegible]

[illegible]族譜序

[illegible]

琴書咏歌自樂頤雖長才秀民多自老於田里夫既置通顯而安嚮晦則所謂譜系符籍言行簿錄傳示來世者或有或無宜不以之而繫心也況更亂離兵戈遂感尚何有於言行簿錄譜系符籍哉天下鄉平人知門地為可重至有遠冒仕族以誇耀於誼屬者古猶不免而況於今乎夫它宗冒光華者固可醜矣若深自退晦而昧前人之緒業使泯々與草木同腐非不孝之大者乎此楊氏族譜所由作也夫服五世則親盡今推而至于八世而尤念其初蓋其初一人之身也由一人之身蔓延既久而至于不可考惧後之子若孫復失其傳如今日則其宗與祖不幾於昧之乎此楊氏族譜所由作也楊氏自處士君四傳而至餘千州教授其家始益大故譜之詳自教授君始嗚呼易代改卜物之圜乎其間者寧啻隨之變迁哉故六七十年來代謝更迭何異於霏烟浮雲起滅萬狀要無足惟者頤獨楊氏室廬丘園書冊一々皆具其前人之所封植而其子若孫寶持而有之者雖更數十百年之久而手澤宛然若新謂非積善之家其可乎予嘗客其家幸得於目擊者非妄弘既為族譜而予為論列焉庶幾為善者有所勸也夫

沈祖母王碩人壽九秩序

子於父母其屬近其情昵其恩致故彼此之分顯易以敷施而人情之所以感發而嘆詠者亦曰父兮生我母兮鞠我又曰陟彼岵屺瞻望父母與夫堂構菑穫又皆屬於父子至謂生之膝下以養父母日嚴凡此聖人皆係乎父母之於子而祖孫不與焉若孫之於祖情非不昵也恩非不至也聖人設教忠厚之至豈不欲引而近之然其等威隆殺自有不得而同者原夫尊親

譜未從生於近大宋其華盛審安自在[illegible]而古者今人曹譜
危者流以為經帶者不朽也思米不至乎于聖人設教而通天下之至
下以事父母日嚴於是聖人始深乎父母於族乎宗本不與
敘諸所謂父母與夫祥撫大譜屬族又乎生謂族又以際
入清以親以厥後而異數者在曰又光未乎先無又曰譜
子孫父母其屬於其書而其見故以投求又分顯是以數落而
先祖母王氏[illegible]人書九敘序

康樂先譜者在言由此大
予嘗務其家諸家目譜者非安在顯以夫諸譜而乎先論以氣
韓更數十百年父子而年筆宗於諸譜以家其同乎
圖書一時其直人文示詩植而其無於者之者
求同異於譜系以演為求冥無乃有舊所譜立

下至於圖乎其世而者率富以繼其大段六文十年末以續更
原于土發疑其家溢大段譜之詳自數被春始于乎昌其以改
發於來以乎此格及家譜而由作未此禮及自原土始四傳而至
至于不可為其後人乎其源流其之傳令日則其宗與祖不
由配九合其始[illegible]其[illegible]一人之身也由一人之身而漢及至于八而
者乎此格及族譜而由作也夫服五世則親盡人擁而至于八
者族自撰譜而味子而入以諸業源以與章本同為不將不之大
於譜扇者古續不敘也以族人今年未常官是大華者固可興矣
分之許繼又大下網午人丁以其宅之重在有邊冒在失於時以擇
不以又而衰心也只更已譜父文頗廣[illegible]尚何倉於言於譯於緣譜
安諸錄則所謂譜合諸家得傳於此者以有敢與宜
於書家與自宗傳於族人自老於田更恐置通顯而

不以遠而可踈也不以近而可褻也故曰尊祖曰敬宗曰穆族職是之故孫之於祖其養當益厚禮當益嚴情當益致然自書傳之所紀載孫及養其祖者盖甚寡由是李令伯遂著名於不朽也吳人沈君仲説自其先府君不禄于今若干稔矣獨其祖母王碩人綜理家事鞠育仲説以迄于成人今仲説年四十餘不惟讀書績學度越流輩至於履踐之素言行之實無一不求合古人欲所以奉其祖母者食飲温凊起居定省畧弗異乎孝子之事慈母也今年至正庚寅碩人壽登九袠九月廿九實其生辰仲説具酒張筵為碩人壽凡親舊里隣畢集于清樾堂先於是 天子貺高年帛碩人以九十頒雙縑仲説用製衣碩人碩人雖屆期頤而神觀澄澈睹其孫與婦復領曾孫拜于前而親舊里隣無不拜相次進酒為壽以為世所罕得同郡錢伯行天台陳敬初輩咸奉詩以慶而予後至衆靡以老謬俾序於末端夫人之所以事其親者豈不欲致其養然未必有能享上壽而康強也使誠有之又未必如仲説能養其志而不衰也然則天將報仲説者有子有孫皆將如仲説碩人雖老矣行且見之沈氏其不昌大矣乎詩曰孝孫有慶此之謂也

祈晴有應序

平江於三吳地勢最卑瀼遇雨暘時若歲乃有秋一或霖潦兼旬則瀦為巨浸故宋法慮民之嗜利戕民不得圍裹成田慮積雨為民害縣令至以係銜内附後務田租歲入之多而其所以憂水為民害者寢不復講 國初嘗立都水監近又立庸田司歲預勒守令必具狀秋収有成數而水旱不卹也於是農始告病焉至正甲辰春連綿雨雪占歲者云春雪多霖潦之兆也已

而積雨至夏五月弥日兼旬屋漏床，如建瓴曾不少止上下原隰漫湧白波而農告悴秋將失望矣吳人周君玄初玄妙觀道士也人素稱其精於道家法時郡守吳陵馬侯國瑞暨闔府僚屬皆屬意於周君請用其法禱于天且每旦即東門以拜日暘雖雨勢遂止猶氛翳四塞乃復致懇於周君，能噓呵雷風策役將吏若有神物從之者於是馬侯躬致香幣伏俯壇下周君若將宣其誠以達諸請都而籲諸上帝者由是頑雲倏消長空一碧曜靈赫然而官吏士民咸以手加額謹忻頌曰使積雨不解民其為魚又何望諸苗稼耶勢甚可畏微吾侯輸誠微吾周君孰以格上下神祇則是淫霖何自頓收羲馭何自朗霽陰霾澄廓溽暑清曨薰風南來物有生意四郊萬姓驩聲如雷侯思所以彰君之道法非文學不能也乃俾作祈晴有應序以贈之

送周鍊師序

宋季蜀人鄧尊師號山房先生者以其教法顯於理度兩朝宋既內附尊師樂吾吳之風土以其橐中齎建會道觀于吳之東城下時尊師蓋已老矣而神觀恬謐能言宋季遺事 國朝名公卿如胡紫山雷若齋閻子靜徐子方諸公相後先以人望秉憲節戾止吳下往往從尊師聽琴賦詩日必載殽核具酒茗燕談尊俎間以共適方是時吳之文獻故家尚多存者巍冠大帶稽今考史而尊師以方外老宿從容其間至今倡和之卷軸往來之篇翰雖更遺落而觀之道流尚能藏之多不下十數百首向年某嘗陪中丞曹文貞及曹尚書克明鄭運使子昭避暑觀之廡下皆相予伏讀而乃復掛卷嘆息至於文貞又親炙諸公言曰是諸公者先後奄逝迨今四五十矣風流文采未或逮泯至

至於余亦復老白首人世還謝乃若此哉俯仰數十年文貞[illegible]館毗陵曹郭二公相繼謝去然則人之生也將何而不老哉鄧尊師之孫周存中鍊士者乃以至正四年春捧敎劄將往崇明州住持仙道觀鍊士既為山房先生之玄冑則其玄學之妙槩可想見矣故述其祖之高風亦稱人之賢本之父兄師友之意也序成吳之人士賦詩而送之者凡若干云

送徐尊師序

中吳城而處有道舘曰玄明始予過之聞琴書聲未始異之也後屢過之皆然予始洒然知吳人徐養吾鍊師授業於是時予方盛年而養吾亦甫冠每揖余坐語方瞳廣顙端毅孚重已如老成人問其所讀書則曰內聖外王之道也夫豈易言哉今幾二十年養吾以葆鍊為事神完而体紓氣潔潔自頂出如蒸炊若

予則憔悴頓剉須髮盡白而老甚矣去年養吾由道秩陞任常熟州之致道觀今春歸省其親於吳得一再見既已異其神觀乃即而扣之焉鍊師曰古之博大真人既立內為精而物為粗矣其樂於內者千聖一致也萬年一瞬也由乎中出者外而應帝王亦其粗者耳而況於世累乎予曰形上之道形下之器本末一致則聞之矣曾何精粗之謂耶鍊師笑曰是豈區區世儒所能識也吾居致道觀仲雍故墓在焉朝登山巔觀日出夜聽松風撼山作海濤每援琴寫之泠然八表也子能從我乎予不能詰乃作招鶴辭送之今春則至元仍紀元之六年也詞曰

仙之人兮跨鶴以遊六翮一舉兮瞬息乎九州蓬島之是往兮聖真之與儔招之不來兮使我心憂海虞之山兮瑤草稠徘徊飲啄兮雲淵之幽吾將聽誦蕋珠兮淂相羊於暮秋

送初上人遊方序

吳人奉佛自蕭梁有國時塔寺像設遍江左而吳尤夥焉吳以水爲國滙其腹者具區〻別派而湖者曰陳湖〻當淞江之南大浸幾四十里濤波溢天而其北烟林蒼翠出洲渚之上者磧砂也砂有積藍曰福嚴創始於國朝至七間飛樓傑閣視城甲剎畧不少讓其徒居之既研精於其教法又復購吾儒書數萬卷自六藝經傳子史百家之言每延儒之老於文學者日講肄之俾其徒知仁義道德元與其學不相悖戾所以開明其心焉至有翹楚傑出者則本元初上人初尤工於詩以其所學出為大方之游非惟其教之尊宿愛其為法器至當世宗工鉅卿若承旨長沙歐陽公侍講金華黃公脩撰晉陽張公博士浚儀段公皆與其進而不之拒也故學士豫章揭公應奉清泉陳公尤所

獎與若予則疵賤老朽浮沉里巷間初何所取門至再不厭且出詩文一編讀之皆前數君子與之篇什雄辭奥旨溫然而玉質金相者在他人一二固以多茲何其富耶初不以予無似若將從容講學如前數君子從游以質疑予為言曰古之君子出處不同言行亦異至其不悖乎聖人者曾不少異也儒弗爭久矣儒辟佛者睹儒從佛輒揮呵詈斥然不思均之為儒言行出處尤自不得而同也而況於好學惡異尚哉前數君子皆於佛無間然若予尤非敢徼福於佛者言行雖不敢同數公至其出處則甚異矣出者方貴顯其言足為初輕重若予何所取初求之不已哉大江深林江湖寰宇碩豈無其人哉初行矣復求其人而學為學成而歸之日其有以語我

僑吳集卷之八